Michel Amelin

SHERLOCK YACK
ZOO-DÉTECTIVE

Qui a piégé le pingouin ?

Illustrations de
Colonel Moutarde

MILAN
jeunesse

Voici trois énigmes
pour Sherlock Yack, le détective du Zoo :

1- QUI A PIÉGÉ LE PINGOUIN ?

2- QUI A POUSSÉ LE CERF ?

3- QUI A EMPOISONNÉ L'OTARIE ?

Mais ces énigmes sont AUSSI POUR TOI ! Montre-toi plus rapide et découvre l'identité du criminel...

... AVANT Sherlock Yack !

Pour cela, tu dois intervenir quand apparaît le défi au lecteur. Cherche bien dans le texte et relève les indices glissés dans les dialogues et les descriptions.

BONNE CHANCE !

Voici la liste alphabétique des animaux du Zoo que tu vas rencontrer au cours des 3 énigmes. Il y a des assassins, des victimes mais un seul enquêteur ! Tous les autres sont des suspects.

- Biche
- Cerf
- Chamois
- Chevreuil
- Chimpanzé
- Cigogne
- Crocodile
- Élan
- Jaguar
- Kangourou
- Koala
- Otarie
- Pingouin
- Taureau
- Vache espagnole
- Yack (c'est lui, l'enquêteur !)
- Zèbre
- Zibeline

À la fin de chaque énigme, sur cette liste, trace une petite croix devant le nom des victimes au crayon de papier. Dessine aussi des petits barreaux de prison devant l'assassin. Quand tu auras terminé ce livre, en regardant cette liste, tu pourras ainsi te rappeler toutes les solutions ! Mais attention, si tu prêtes ce livre à un copain ou une copine, n'oublie pas d'effacer tes signes pour le laisser réfléchir un peu !

Sherlock Yack dans :
QUI A PIÉGÉ
LE PINGOUIN ?

ZOO

Sherlock Yack était le gardien-détective du Zoo. Près de son enclos personnel, il disposait, collée à son appartement, d'une guérite de surveillance qui lui servait aussi de bureau. Ce soir-là, Sherlock Yack s'y était endormi. La journée avait été fatigante pour les animaux car le public avait été nombreux. Chaque mère de famille sait combien les hurlements d'un seul enfant vous cassent la tête. Mais chaque animal de zoo subit, lui, les cris de centaines et de centaines d'enfants ! Et c'est sans compter les bombardements de morceaux de pain ! Les jours de grande affluence étaient donc épuisants, et Sherlock Yack tenait à peine sur ses sabots.

L'argent des entrées du Zoo était contenu dans une ancienne boîte à biscuits rouillée. Ce soir-là, elle était remplie de beaux billets. Ouverte au milieu de la table, juste devant le museau de Sherlock Yack endormi, cette boîte fascinait l'animal mystérieux qui se tenait dehors et qui surveillait la scène par la fenêtre.

« Hum ! se dit l'animal mystérieux. Cet argent ferait mon bonheur si j'osais le dérober. Mais j'ai peur de Sherlock Yack. C'est quand même le plus intelligent des détectives. Il me coincera à la moindre erreur… »

Plus les secondes passaient, plus Sherlock Yack ronflait fort. Il n'y avait pas un instant à perdre. C'était le moment ou jamais.

Le voleur sauta par la fenêtre et s'approcha à pas de loup. Il saisit délicatement la boîte pleine d'argent, recula, remonta sur le bord de la fenêtre et s'enfuit.

Sherlock Yack était vraiment fatigué. Il ne remua pas un cil de ses trop lourdes paupières.
Mais ce qu'ignorait le voleur, c'est que les animaux du Zoo n'étaient pas tous couchés. Odile, le pingouin, pataugeait justement dans le petit bassin d'entrée, de l'autre côté de la guérite. Elle n'avait pas le droit de se trouver là car l'eau était verte, sale et puante. Mais Odile n'en avait rien à faire. Ce qui l'intéressait, c'étaient les carpes qui vivotaient dans ce trou d'eau. Elle était justement en train d'en avaler une quand elle aperçut le voleur sortir de la guérite avec la caisse sous le bras ! Gloups ! Odile s'enfonça dans l'eau, réfléchissant à toute vitesse…

Le lendemain matin, quand Sherlock Yack se réveilla et qu'il se rendit compte que la caisse avait disparu, il éprouva la plus grande honte de sa vie ! Le plus formidable détective animalier du monde s'était montré en dessous de tout. Il fallait commencer l'enquête immédiatement et coffrer le coupable dans la journée. Son honneur était en jeu.

Sherlock Yack eut sa première déduction géniale. Si le voleur avait pu s'introduire aussi facilement dans sa guérite alors qu'il faisait nuit, cela voulait dire qu'il faisait partie du groupe d'animaux laissés en liberté après le départ du public. Et les animaux qui n'étaient pas enfermés pendant la nuit n'étaient pas nombreux.

1) Il y avait Sherlock Yack lui-même. Mais à moins d'être fou et somnambule, il ne pouvait pas être le coupable.

2) Odile le Pingouin aimait se promener la nuit. C'était une bonne suspecte.

3) Le Chimpanzé expert en cuisine était, lui aussi, toujours à la recherche de mauvais coups.

4) La Zibeline peintre avait toujours voulu s'acheter des toiles de maîtres. Était-ce elle la coupable ?
5) La Cigogne voulait devenir une grande actrice. Elle avait besoin d'argent pour s'acheter des vêtements et des bijoux de star.
6) Le Kangourou, lui, était un vieux kangourou qui voulait depuis toujours retourner en Australie, pays de ses ancêtres. Mais il n'avait pas d'argent pour se payer le billet d'avion…
Pendant toute la journée, Sherlock Yack surveilla étroitement le Pingouin, le Chimpanzé, la Zibeline, la Cigogne et le Kangourou. Hélas, aucun de ces animaux ne se livra à un manège suspect. Sherlock Yack étudia leur alibi pour la nuit fatidique sans trouver la moindre piste.
« Hum ! pensa-t-il en se caressant la barbiche. Il va falloir que je fasse fonctionner à toute vitesse les neurones de mon cerveau. Mais je suis quand même sûr de quelque chose : un jour ou l'autre, le coupable va commettre une imprudence. Et là, je lui sauterai dessus ! »

SUSPECTS

Sherlock Yack connaissait bien la mentalité des criminels. Il n'eut pas à attendre longtemps…

Odile, le pingouin, n'était pas coupable, mais elle avait vu le voleur ! Quand elle apprit la nouvelle du vol, elle ne raconta rien à Sherlock Yack, car elle avait une petite idée derrière la tête.
Elle téléphona à l'animal mystérieux qu'elle avait vu partir avec la caisse sous le bras :
– Je sais que c'est toi qui as commis le vol. J'ai tout vu.
– Ne me dénonce pas, pleurnicha l'autre.
– Je veux une part de l'argent en échange de mon silence, répliqua Odile.
– Un quart.
– La moitié.
– Tu te moques de moi !

– C'est à prendre ou à laisser, répondit Odile d'une voix aussi glaciale que la banquise sur laquelle elle était née.
L'animal mystérieux eut beau supplier, rien n'y fit. Odile se montra intraitable.
– C'est d'accord, obtempéra enfin le voleur. Viens chez moi à minuit, je te remettrai ta part.
Très satisfaite, Odile raccrocha et se frotta les ailes. C'était génial de devenir le pingouin le plus riche du monde !
À l'autre bout du fil, l'animal mystérieux laissa retomber le combiné. Ce stupide pingouin voulait sa part du gâteau ? Il allait être servi !
Le voleur avait déjà mis une patte dans le crime. Ce n'était pas difficile d'y mettre maintenant une deuxième pour se débarrasser d'Odile, le témoin qui en savait trop…

À onze heures et demie du soir, l'animal voleur se glissa une nouvelle fois dans la guérite de l'entrée. Cette fois Sherlock Yack n'y était pas, puisqu'il ronflait dans son appartement adjacent. Derrière le bureau, tout près du plafond, il y avait une petite armoire grillagée à code secret contenant toutes les clés du Zoo. L'une d'elles intéressait plus particulièrement notre criminel. Pour accéder à la hauteur de l'armoire, il fallait un escabeau enfermé avec Sherlock Yack. Pourtant, cela ne posa pas de problème pour le voleur. Il ne connaissait pas le code d'ouverture ? Pas de problème non plus : à travers le grillage, il parvint à s'emparer de la clé désirée.

Son étiquette indiquait :
« Crocodiles ».

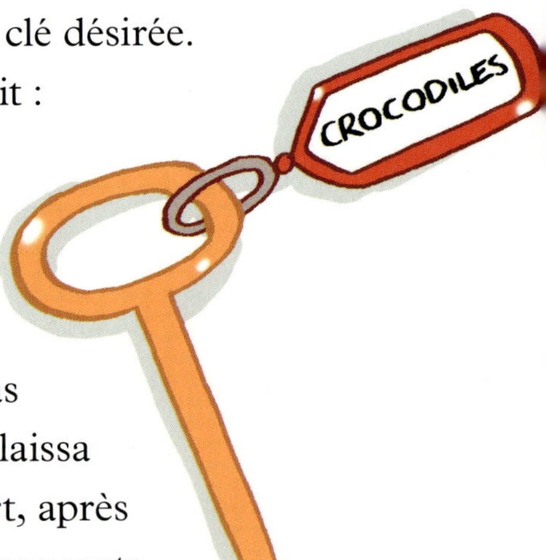

Le criminel courut jusqu'à l'enclos des crocodiles.

Là, il ouvrit le cadenas grâce à la clé volée et laissa le portail grand ouvert, après y avoir accroché une pancarte qu'il avait préparée.

«BASSIN SUPER POUR LES PINGOUINS.»
«Et voilà! pensa le voleur. Il ne me reste plus qu'à prier pour que ce stupide pingouin tombe dans mon piège.»
Il regarda sa montre. Minuit! Vite, il devait se presser pour ne pas être en retard au rendez-vous.

L'animal mystérieux venait juste de rentrer chez lui quand Odile arriva, toute souriante du bec.
– Je suis ravie que l'on s'entende, dit-elle. C'est vrai que tu as pris des risques pour voler cette caisse mais j'en ai pris aussi en choisissant de ne pas te dénoncer à Sherlock Yack. C'est donc normal que l'on se partage la somme.
– Cela s'appelle du chantage, répondit le voleur. Mais j'accepte le marché. Voilà ta part! C'est le prix de ton silence.
– Pour ce prix-là, ricana Odile, je veux bien devenir muette pour le restant de mes jours.

« Tu ne crois pas si bien dire, stupide pingouin ! » pensa le voleur.
Odile ouvrit l'enveloppe, compta et recompta les billets. Ses petits yeux noirs étincelaient de joie. Chic ! Elle allait pouvoir s'acheter des tonnes de poissons bien frais (ça la changerait des carpes au goût de vase), des patins à glace en argent et une montagne de pop-corn. Elle salua le voleur et sortit dans la nuit en dansant sur ses pattes palmées.
Odile chantonnait dans l'allée centrale du Zoo quand elle tomba en arrêt devant une grille ouverte. Une belle pancarte y était accrochée.
Odile lut :
« BASSIN SUPER POUR LES PINGOUINS. »
« Quelle chance ! pensa Odile. Je suis justement un pingouin ! »
Chic ! Rien ne vaut un petit plongeon pour finir une soirée aussi agréable. Odile s'approcha du bassin en remuant du popotin. Près du bord,

elle posa son enveloppe pleine d'argent, car Odile, quoique bête, savait quand même que les billets n'étaient pas imperméables comme ses plumes.

Elle prit son élan et plongea la tête la première… dans la gueule ouverte d'un crocodile !

Miam !

Odile venait de disparaître dans un grand plouf, quand une silhouette sortit de l'ombre et s'empara de l'enveloppe abandonnée.

– Bon appétit, les crocodiles ! chuchota l'odieux voleur, devenu assassin. Mon plan a marché comme sur des roulettes car il était impossible que ce pingouin se baigne avec les billets. Ainsi, je récupère tout l'argent et je me débarrasse de ce témoin gênant par la même occasion !

La silhouette démoniaque s'enfuit en ricanant. Il était minuit et demi. Une fois chez lui, l'assassin s'endormit, l'esprit en paix.

Il ne savait pas qu'il avait oublié des indices très importants sur les lieux de son crime ! Le lendemain, Sherlock Yack entra dans la guérite et constata qu'une clé manquait dans l'armoire pourtant grillagée et verrouillée par un code secret ! Quel était ce nouveau mystère ? Était-il en rapport avec le vol de la boîte pleine d'argent ?

L'étiquette collée sous le crochet de la clé disparue indiquait que c'était celle du bassin des crocodiles. Sherlock Yack se précipita donc chez les crocodiles. Horreur ! La grille était ouverte ! Et, chose encore plus étrange, un panneau y était maintenant accroché.

– « BASSIN SUPER POUR LES PINGOUINS », lut Sherlock Yack, stupéfait.

Sherlock Yack s'avança. Il s'attendait au pire. Comble d'horreur ! Une patte palmée flottait à la surface de l'eau.

– C'est affreux ! s'exclama Sherlock Yack en sortant son calepin. Il a fallu qu'un crocodile croque Odile pour que cette patte unique se balade ainsi sans le reste du pingouin. Il faut commencer tout de suite l'enquête. C'est un nouveau crime pour moi, le détective du Zoo.

Sherlock Yack débuta sa recherche d'indices. À moins de cinq mètres, il découvrit un billet de banque souillé de boue.

– Ce billet de banque vient de la caisse d'entrée du Zoo ! Odile n'était pas assez intelligente, ni assez courageuse pour monter le coup. Mais c'était une observatrice rusée. Elle a dû voir quelque chose…

Sherlock Yack réfléchit pendant quelques minutes puis il tapa l'un contre l'autre ses sabots avant de déclarer :

– Bon sang ! Mais c'est bien sûr ! Odile a fait chanter le voleur pour avoir sa part et celui-ci s'est débarrassé d'elle en lui tendant ce piège. C'est le faux pas que j'attendais ! Car l'assassin s'est dénoncé en volant cette clé. Et je sais déjà qui est le coupable !

Sherlock Yack avait raison. L'assassin était l'un de ces suspects : le Chimpanzé expert en cuisine, la Zibeline amateur d'œuvres d'art, le vieux Kangourou amoureux de l'Australie ou la Cigogne apprentie star ?

Qui est l'assassin ? *Quelle preuve le désigne ? Montre-toi bon détective en nommant maintenant l'assassin d'Odile avant notre détective à cornes !*

Sherlock Yack ne fut pas long à réunir le Chimpanzé, la Zibeline, la Cigogne et le Kangourou.
– Le voleur a réussi le vol de la caisse du Zoo car je ne suis pas parvenu à le coincer à ce moment. Mais il s'est dénoncé en prenant la clé dans l'armoire grillagée pour assassiner Odile ! Car on ne pouvait atteindre cette haute armoire qu'avec l'aide d'un escabeau enfermé chez moi. Or, si l'assassin est parvenu à atteindre l'armoire sans l'escabeau, c'est parce qu'il a des AILES !
– Qui a des ailes ? demanda le Kangourou.
– De plus, poursuivit Sherlock Yack, il fallait introduire un objet très long et très fin entre les mailles du grillage pour atteindre la clé. Vos doigts, vos pattes ou votre museau en auraient été incapables tandis qu'un bec long et mince faisait parfaitement l'affaire !
– Un bec ? Qui a un bec ? glapit la Cigogne en regardant les autres.

– Madame la Cigogne ! Odile vous faisait chanter ! Vous l'avez guidée vers les crocodiles en disposant cette pancarte alléchante pour un pingouin. Vous seule aviez la possibilité physique de prendre cette clé. Avouez !

La Cigogne pâlit et voulut s'envoler mais Sherlock Yack sauta en l'air et l'attrapa par une patte.

– J'ai toujours su que mes cours de basket me serviraient un jour ! s'exclama-t-il en souriant dans sa barbe.

Sherlock Yack dans :

QUI A POUSSÉ LE CERF ?

Au Zoo, tous les animaux à cornes étaient amoureux de la Biche. L'Élan, le Cerf, le Chevreuil et le Chamois essayaient sans cesse de gagner le cœur de la belle. Il faut dire que la Biche était une créature ravissante. Fine et déliée, avec des yeux liquides ombrés de cils longs subtilement maquillés, elle trottinait avec grâce en remuant joliment sa petite queue blanche. Même Sherlock Yack n'était pas insensible à son charme. Pourtant, il savait que la Biche ne répandait pas l'Amour autour d'elle. Parmi les mâles à cornes, c'était même la guerre, car la belle prenait son temps pour choisir son amoureux.

L'Élan lui envoya un poème :

Biche, ô ma biche
Lorsque tu soulignes
Au crayon noir tes jolis yeux
Biche, ô ma biche
Moi je m'imagine
Que ce sont deux papillons bleus.

– Tu me prends pour une idiote, s'exclama la Biche. Tu as copié les paroles d'une vieille chanson de Frank Alamo.

Honteux, l'Élan s'éloigna sous les rires moqueurs de ses rivaux. La Biche venait de prouver qu'elle avait aussi des connaissances culturelles. La conquérir devenait encore plus difficile.

Le Chamois aurait bien voulu lui jouer un air de guitare romantique. Mais c'était vraiment difficile car un sabot n'est pas idéal pour pincer les cordes. Il eut alors une idée géniale. Le soir sui-

vant, il s'installa devant la cabane de la Biche et joua *Jeux interdits* sans aucune fausse note, ce qui était incroyable. Or, la Biche avait non seulement des yeux très beaux mais encore aussi perçants que ceux d'un lynx. Elle aperçut le fil électrique qui courait derrière le Chamois et devina que celui-ci jouait en play-back. Un petit magnétophone était coincé sous son arrière-train.

– Je ne tomberai jamais amoureuse d'un menteur ! s'exclama-t-elle en claquant ses volets.

Le Chevreuil tenta lui aussi sa chance quand il trouva, dans une poubelle du Zoo, une bouteille brisée et un vieil emballage de sandwich. Le Chevreuil avait toujours été doué pour les travaux manuels. Il s'isola dans sa cabane et fabriqua un collier avec des morceaux de verre et du papier aluminium. Il plaça le tout dans une boîte de chocolats capitonnée et l'offrit à la Biche en grande cérémonie.

– Voilà une rivière de diamants, lui susurra-t-il d'une voix énamourée. Elle est pour toi. Je l'ai achetée avec toutes mes économies.

Le pauvre Chevreuil ne savait pas que la Biche était aussi une experte en bijoux. Elle se vissa une loupe dans l'œil et examina le collier.

– Comment peux-tu oser mentir à une jeune biche innocente ? Ces diamants sont des éclats de verre et cette monture est en papier alu même pas propre. Il y a encore de la mayonnaise dessus !

Ce fut au tour du Chevreuil d'éprouver la honte de sa vie. Il alla rejoindre l'Élan et le Chamois qui se consolaient mutuellement :

– Regardez ! leur dit la Biche en montrant le Cerf. Lui, c'est un être franc et direct ! Il ne cherche pas à m'abuser. Il ne fait RIEN !
Le Chamois, le Chevreuil et l'Élan étaient désespérés. Ainsi le secret de la séduction, c'était de ne RIEN FAIRE. Comment auraient-ils pu le deviner ?
Le Cerf, lui, se pavanait en exhibant ses bois. Il prenait des poses avantageuses et coulait des regards ténébreux vers la Biche en extase.
– C'est incroyable ! murmura le Chamois. Cet imbécile qui a un petit pois à la place du cerveau va séduire la Biche en ne faisant RIEN.

– Si c'est ça l'Amour, grommela l'Élan, je le trouve injuste.
– Mais nous n'avons pas dit notre dernier mot, chuchota le Chevreuil.
Sherlock Yack était désolé pour les cervidés. Il avait hâte que la Biche se marie avec le Cerf et que tout rentre dans l'ordre mais, en attendant, la tension pouvait grimper… jusqu'au crime !
Ce soir-là, le Cerf, qui faisait un régime sportif pour séduire sa belle, s'approcha de sa mangeoire pour avaler sa ration biquotidienne de vitamines. Et là, quelle surprise ! Il découvrit un joli papier rose plié en quatre.
« Hum, se dit-il, je ne savais pas que je devais manger du papier pour mon régime. »
Le cerf n'était pas contrariant. Il prit le papier entre ses dents et commença à le mastiquer mais il s'arrêta soudain. Le papier était fortement parfumé et ce parfum lui rappelait celui de sa Biche chérie. Ému, il reposa le papier dans la mangeoire quand il s'aperçut qu'on avait écrit à

l'intérieur ! Quel idiot ! Ce n'était pas de la nourriture, c'était une lettre !

Le cœur battant, le Cerf déplia le message. Il n'avait pas fait beaucoup d'études et ne savait pas très bien lire mais, en s'y reprenant cinquante fois, il parvint à déchiffrer le texte suivant :

« Mon Cerf chéri ! Viens me rejoindre en haut du Grand Rocher ce soir à minuit. »

Signé : « Celle Qui t'Aime à la Folie. »

Qui était « Celle Qui t'Aime à la Folie » ? Sourcils froncés, le Cerf se gratta entre les bois et, au bout d'un quart d'heure, se frappa le front et s'exclama tout haut :

– Mais bien sûr : c'est la Biche !

Cette révélation le fit trembler d'impatience. La douce chérie l'attendait pour un rendez-vous secret ! Vite ! Vite ! Le Cerf se récita la déclaration d'amour qu'il avait apprise depuis longtemps. La Biche était une romantique et il ne voulait pas la décevoir. Le Cerf soupira. Les flots argentés de la lune allaient baigner leur union, là-haut, sur le Grand Rocher...

Le grand soir était enfin arrivé. Il fallait se presser... À minuit pile, comme le lui avait recommandé le message, le Cerf sortit de sa cabane et se dirigea vers le Grand Rocher dressé au milieu de l'espace des animaux à cornes. La façade rocheuse était trop escarpée. Mieux valait utiliser le petit chemin de terre qui serpentait doucement sur le versant ouest. Le Cerf se mit en route fièrement, sa silhouette se découpant dans le clair de lune. Il parvint enfin au sommet, le cœur dilaté par l'espoir. Une silhouette l'attendait. Mais... Mais...

La surprise fut totale. La silhouette lui fonça dessus et le frappa au poitrail. Déséquilibré, le Cerf voulut se défendre mais il dérapa et tomba en tournoyant dans le vide.

– Bon débarras ! murmura l'assassin.

Le lendemain, alors qu'il faisait sa petite tournée habituelle, Sherlock Yack découvrit le Cerf écrasé au bas du Grand Rocher :
– Quel affreux accident ! s'exclama-t-il. Au secours ! Appelez le Samu !
Il posa sa large oreille sur le valeureux poitrail de l'animal sportif. Les autres cervidés et le chamois avaient accouru aux appels de Sherlock Yack. Ils contemplaient la scène avec horreur.
Le détective secoua la tête :
– Il n'y a rien à faire. Le pauvre est mort depuis plusieurs heures.
L'Élan, le Chamois et le Chevreuil sortirent leur mouchoir et pleurèrent à grand bruit :
– Nous l'aimions tous ! C'était un bon camarade. Il avait toujours une blague à raconter.

– Et moi, je l'aimais par-dessus tout ! sanglota la Biche. Comment est-ce arrivé ?
– Il est tombé de là-haut, grommela Sherlock Yack. Il a dû y grimper pendant la nuit.
– Il a dû devenir fou.
– Il s'est sans doute suicidé.
– Peut-être avait-il une maladie grave et qu'il n'osait pas nous l'avouer.
– Taisez-vous ! lança Sherlock Yack au Chamois, au Chevreuil et à l'Élan. Vous m'empêchez de réfléchir. C'est peut-être un accident ou un suicide mais je dois d'abord examiner les lieux pour me faire une opinion.
Sherlock Yack contourna le Grand Rocher par la façade ouest. Quand il se retrouva sur le petit chemin de terre, il constata que les empreintes du Cerf étaient parfaitement imprimées dans le sol. Lui seul avait emprunté ce chemin car il n'y avait aucune autre

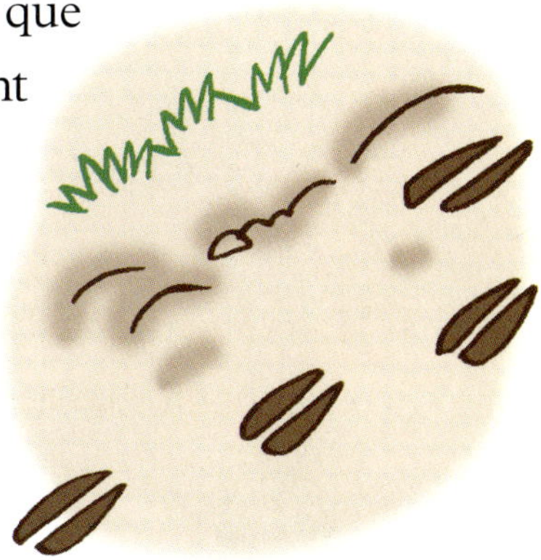

trace visible. Ce pouvait donc être un suicide ou un accident puisque le cerf s'était rendu seul sur le lieu de sa mort… Mais Sherlock Yack était un perfectionniste. Les moines tibétains lui avaient toujours enseigné que l'apparence était parfois trompeuse. Comme le détective ne voulait pas mélanger ses traces à celles du pauvre cerf, il préféra utiliser l'autre chemin du Grand Rocher : la façade est, faite de pierres en surplomb.

Sherlock Yack était vieux, assez myope et encombré par ses longs poils (pas toujours propres) et ses cornes. Mais c'était un animal qui, dans sa jeunesse, avait fait trois fois l'aller-retour Katmandou-Himalaya. Les pentes rocheuses les plus ardues n'avaient pas de secrets pour lui. Il revint donc sur la façade est et se lança dans une habile escalade sous les regards étonnés du Che-

vreuil, de la Biche, du Chamois et de l'Élan. Quand il fut parvenu au sommet, il inspecta le sol et ne tarda pas à découvrir un bout de papier rose, déchiré, encore humide de la rosée de la nuit. Sherlock Yack le plaça dans une pochette plastique transparente avant de lire avec soin ce qui restait du texte :

« ejoindre en haut du
ocher ce soir à minuit.
Aime à la Folie. »

Que voulait dire ce papier ? Sherlock Yack le glissa dans une poche de sa fourrure et examina le sol. L'herbe était piétinée et arrachée à plusieurs endroits. Il y avait sûrement eu lutte. Pourtant il n'y avait que les empreintes du Cerf sur le chemin de terre ! Ces mottes arrachées prouvaient que quelqu'un d'autre était monté ici. Mais comment ? Et surtout, que voulait dire ce bout de papier parfumé ?
Sherlock Yack tendit le cou et regarda les autres en bas.

– Alors ? crièrent-ils. Vous avez trouvé quelque chose ?

– Oui ! Je descends !

Quand il les eut rejoints, il tendit à la Biche la pochette contenant le morceau de lettre.

– Reconnaissez-vous votre écriture, mademoiselle la Biche ?

Celle-ci ouvrit ses yeux magnifiques comme des soucoupes.

– Je n'ai jamais écrit cela ! Et ce papier à lettres vulgaire n'est pas le mien.

– Sentez son parfum, commanda Sherlock en ouvrant la pochette.

Les délicats naseaux de la Biche frémirent de dégoût :

– Ce n'est pas non

plus mon parfum. Ne voyez-vous pas, cher grand détective, que ce faux papier à lettres est en fait un feuillet de papier W.-C. !

– Quoi ? s'exclama Sherlock Yack.

La Biche était très en colère :

– Si c'est ça qui a attiré le Cerf au sommet du Grand Rocher, je peux vous dire que c'est un piège grossier ! Et cet imbécile de Cerf ! Comment a-t-il pu croire que j'écrivais des mots d'amour sur du papier W.-C. ? Quel crétin !

Très embêté, Sherlock Yack préféra faire disparaître l'indice dans sa poche. Il fallait reprendre le contrôle de la situation devant les suspects. Car il ne s'agissait plus d'un suicide ni d'un accident mais d'un MEURTRE !

Un assassin avait attiré le Cerf grâce à ce faux grossier. Et l'animal, rendu fou d'amour, inconscient du danger, avait couru vers le fatal rendez-vous.

– L'un de vous est le coupable ! s'exclama Sherlock Yack.

– Pas moi, en tout cas, rétorqua la Biche. C'était mon amoureux préféré.
– Je ne vous retire pas des suspects, mademoiselle la Biche, dit Sherlock Yack. Qui me dit que vous n'avez pas monté cette machination pour vous débarrasser d'un amoureux encombrant ? Peut-être en aimiez-vous un autre et le Cerf ne le supportait pas ? Peut-être comptiez-vous sur un héritage ?
– C'est affreux ce que vous dites… bégaya la Biche en devenant toute blanche.
L'Élan, le Chamois et le Chevreuil secouaient la tête d'un air accablé.

« Qui joue la comédie ? pensa Sherlock Yack. L'un d'eux est un assassin et il faut que je découvre l'indice qui l'accuse. »
Et soudain, alors que Sherlock Yack tirait pensivement sur sa barbichette, il se rappela un détail important qui désignait le seul et unique assassin du Cerf !

Et toi lecteur ? *As-tu deviné aussi vite que Sherlock Yack l'identité de l'assassin du Cerf ? L'Élan ? Le Chamois ? Le Chevreuil ? Ou la Biche elle-même ?...*

– Je sais tout ! mugit Sherlock Yack d'un ton formidable. L'un d'entre vous a donné rendez-vous au Cerf pour le tuer. Il l'a attendu au sommet du Grand Rocher et l'a poussé dans le vide. Mais il a oublié un petit détail : il n'y a QUE les empreintes du Cerf sur le chemin de terre qui grimpe au Grand Rocher ! Et savez-vous pourquoi ?
Les suspects secouèrent négativement la tête. Ils n'étaient pas détectives, eux !
– S'il n'y a QUE les empreintes du Cerf, cela veut dire que son assassin est passé par un autre chemin. Et l'autre chemin, c'est le versant rocheux ! Seul un animal des montagnes comme moi peut y grimper !
La Biche, le Chevreuil et l'Élan se tournèrent aussitôt vers le Chamois. Ils lui dirent avec colère :

– Toi seul étais capable de monter et de descendre par les rochers car tu viens des Alpes et tu es très doué pour l'escalade.

Le Chamois resta immobile, frappé de stupeur.

– Avoue ton crime ! lança Sherlock Yack. Tu croyais avoir tout prévu mais un assassin oublie toujours le détail qui le perd.

Le Chamois soupira d'un air las. Il regarda ses sabots et dit à voix basse :

– La Biche allait épouser le Cerf! J'étais trop jaloux. Je m'en suis débarrassé pour qu'elle me choisisse, moi!

Sherlock Yack sortit les menottes :

– Tu as perdu, Chamois. Ne fais pas d'histoires et tends-moi tes sabots.

Le Chamois jeta un dernier regard amoureux à la Biche :

– Pardonne-moi.

Je suis un misérable.

PLUMES BLANCHES
PLUMES JAUNES

Sherlock Yack dans :
QUI A EMPOISONNÉ L'OTARIE ?

Avec le succès remporté par les émissions de télé-réalité, le Zoo eut l'idée de construire, pour les animaux, des appartements spéciaux avec des cloisons en verre. Du côté du public, c'étaient des vitres transparentes par lesquelles on pouvait voir les animaux dans leurs occupations quotidiennes. Mais du côté des animaux, c'étaient des glaces qui les empêchaient de voir le public.

Monsieur Koala, dans l'appartement *Australie*, se confectionnait de délicats sandwichs aux feuilles d'eucalyptus. On le voyait dans sa cuisine hachant les feuilles menu menu avant de les grignoter devant sa télé…

Monsieur Zèbre, dans l'appartement *Kenya*, peignait des motifs africains sur des calebasses. Bien sûr, il utilisait de nombreuses rayures comme motifs de décoration.
Monsieur Jaguar, dans l'appartement *Brésil*, transformait des plumes tropicales en parures pour le Carnaval de Rio. Il en avait des centaines de toutes les couleurs (généralement prélevées sur des oiseaux qu'il avait mangés).
Quant à Monsieur et Madame Taureau, qui avaient emménagé dans l'appartement *Espagne*, ils dansaient le flamenco toute la journée !

La boutique du Zoo augmenta le succès de ce nouvel aménagement en proposant :
– des sandwichs à l'eucalyptus,
– des calebasses décorées de motifs africains,
– des plumes du Carnaval de Rio,
– des disques de flamenco espagnol.

Le Koala, le Zèbre, le Jaguar et les deux bovins noir charbon applaudissaient des quatre pattes. Ils étaient très heureux de leur sort surtout grâce aux 30 % qu'ils touchaient sur le prix de vente de leurs produits dérivés.

Une seule chose chagrinait Sherlock Yack : il restait un appartement libre dédié à un pays froid. Hélas ! L'Ours blanc, le Renne, le Phoque et le Chien de traîneau refusèrent tout net de quitter leur groupe. Sherlock Yack était désespéré. Le Zoo avait investi dans des frigos immenses et un plancher qui pouvait se transformer en patinoire. S'il ne trouvait aucun locataire, le Zoo devrait changer la déco et cela allait coûter très cher.

La chance lui envoya enfin son locataire, ou plutôt sa locataire : Béatrice, la plus grosse des otaries, chassée par ses ex-copines car elle

mangeait 95 % des rations quotidiennes de poisson.

– Je n'ai plus qu'à devenir SDF de rivière, pleurnichait Béatrice en venant raconter ses malheurs à Sherlock Yack. J'y trouverai bien quelques poissons pas trop pollués.

– J'ai une meilleure proposition à te faire, chuchota Sherlock Yack.

Béatrice emménagea le lendemain. Sherlock Yack brancha enfin ses frigos, transforma le plancher en patinoire et remplit la piscine d'eau glacée.

Quelques jours plus tard, Béatrice était au comble du bonheur. Elle se vautrait sur la glace, avalait des tonnes de poissons avant de basculer dans la piscine pour un petit bain et finir par un séchage à froid dans ses frigos.

Quand elle se sentait courageuse, Béatrice sculptait quelques formes d'otaries dans des blocs de glace. Des répliques en résine étaient bien sûr vendues à la boutique du Zoo. C'était la bousculade devant les glaces sans tain de l'appartement *Groenland* ! Sherlock Yack se frottait les sabots.

Dans son innocence, il croyait que tout se passait pour le mieux.

En fait, c'était le commencement du pire.

En fin de semaine, le Taureau vint se plaindre à Sherlock Yack :

– L'appartement de cette stupide otarie souffle un air glacé. Notre parquet est gelé. Il y a de la glace sur les murs.

– Mon mari s'est foulé les deux pattes de devant ! meugla sa femme derrière lui. Montre tes pattes avant, mon chéri.

Piteux, le Taureau tendit ses deux plâtres.
La Vache trépignait de colère :
– Nous dansions notre plus beau flamenco, quand mon mari a dérapé sur une plaque de verglas. Oui ! UNE PLAQUE DE VERGLAS ! Dans notre appartement où il faisait toujours 25 °C ! Avec ses satanés plâtres, nous ne pouvons plus danser le flamenco car mon chéri ne peut plus me prendre dans ses pattes de devant ! Les ventes de disques vont s'effondrer. Le public va se moquer de nous. Chassez cette Béatrice ! Et installez à la place quelqu'un qui vient d'un pays chaud ! Un dromadaire, par exemple. C'est mignon, les dromadaires.
– C'est que… la décoration nous a coûté tellement cher, commença Sherlock Yack.
– Pour un dromadaire, il suffit d'un camion-benne de dix tonnes de sable. Ça fera les dunes. Il n'y a besoin de rien d'autre. Les dromadaires, c'est très économique comme décor.

Le Koala, le Jaguar et le Zèbre rejoignirent Monsieur Taureau et sa femme. Ils approuvèrent :

– Nous venons tous de pays chauds, lança le Koala. Cet appartement pour otarie obèse nous frigorifie. J'ai attrapé un rhume pour la première fois de ma vie.

– Je claque des dents, renchérit le Zèbre. Je ne parviens même plus à tracer des rayures droites sur mes calebasses. Je tremble trop.

– Nous gelons ! dit le Jaguar. À mort les animaux des pays froids !

Et, sous les yeux effarés de Sherlock Yack, les manifestants sortirent tous des pancartes sur lesquelles on pouvait lire :

« PERSONNE NE RIT AVEC L'OTARIE »

« BÉATRICE ? T'ES TROP TRISTE ! »

« ENCORE UN PEU DE GLAÇON ? NON MERCI !!! »

« BANQUISE = HANTISE »

« ÔTEZ L'EAU TARIE DE L'OTARIE »

BÉATRICE ?
T'ES TROP
TRISTE !
=
HANTISE
ENCORE
PEU DE
PERSONNE
NE RIT AVEC
L'OTARIE

– C'est impossible ! déclara Sherlock Yack d'un ton autoritaire. Béatrice a des projets : elle va construire un igloo au milieu de son salon. Le public va adorer.
– Nous ne nous laisserons pas faire ! répondirent les locataires en colère.
« Pff ! pensa Sherlock Yack. Ils finiront bien par s'y habituer. »
Il se trompait lourdement.

Le lendemain matin, une délicieuse odeur réveilla l'Otarie Béatrice, béate sur son lit de glaçons. Elle sauta sur ses palmes et fit patiner ses trois cents kilos à travers son salon-banquise. Au milieu de sa table taillée dans un iceberg, quelqu'un avait disposé un beau plat fumant. Les moustaches frémissantes, Béatrice s'approcha, tout heureuse de cet original petit déjeuner. Dans une immense calebasse peinte de rayures noires et blanches, on avait disposé une paella aux fruits de mer entourée d'une guirlande de feuilles d'eucalyptus et de plumes de couleur.

– C'est magnifique ! soupira Béatrice en retenant une larme émue.

Jamais, dans le bassin des otaries, elle n'avait été aussi bien traitée. Ses ex-copines étaient les championnes pour lui faire des vacheries tandis que là, pardon, c'était la grande classe et le luxe quatre-étoiles !

Béatrice commença par avaler quelques crevettes roses en guise d'apéritif.

Elle n'alla pas plus loin :

– Drôle de goût, murmura-t-elle. Ces crevettes doivent avoir dépassé leur date de consommation et je…

Elle ne put achever sa phrase car elle tomba raide morte, les moustaches dans la calebasse !

La mort-aux-rats est un poison pour les rats, mais il marche très bien aussi pour les otaries.

Sherlock Yack fut surpris. Le public revenait de l'appartement *Groenland* de fort méchante humeur ! Que se passait-il ? Le détective parvint à saisir quelques remarques :
– Elle n'a pas bougé depuis une heure.
– La tête dans sa gamelle. Vous parlez d'un exemple pour les enfants.
– Remboursez ! Remboursez !
Devinant un ennui, Sherlock Yack se précipita vers l'appartement et découvrit l'horrible tragédie : Béatrice morte, le museau dans une calebasse pleine ! Quelques feuilles d'eucalyptus et trois plumes étaient encore accrochées dans ses moustaches.

Une violente colère saisit Sherlock Yack. Ainsi, les autres pensionnaires s'étaient débarrassés de leur glaciale voisine. Avaient-ils comploté ensemble ?
Il organisa aussitôt une grande réunion des suspects et leur montra la pauvre Béatrice d'un air dramatique :
– Elle pouvait vivre encore de longues années dans cet appartement qui était un paradis pour elle. Vous n'avez pas honte ? Que celui qui l'a assassinée se dénonce.
Le Taureau leva les yeux au ciel :
– C'est tout de suite les grands mots avec ce vieux détective ! Qui nous dit qu'elle a été assassinée ? Elle est peut-être morte d'un arrêt cardiaque, ou d'une insuffisance respiratoire. Ça arrive souvent quand on pèse trois cents kilos et qu'on ne fait pas assez d'exercice.
– Qui a apporté ce plat ?
Silence.
– Ah ! s'écria Sherlock Yack. Vous voyez bien ! Si Béatrice était morte de mort naturelle, celui

qui a apporté ce plat ne verrait aucun mal à se dénoncer. Votre silence prouve qu'il y a une manœuvre criminelle.

– Je ne suis pas un assassin ! répondit le Koala.

– Et pourtant, il y a des feuilles d'eucalyptus en décoration, accusa Sherlock Yack.

– Les plumes viennent peut-être de ma collection, dit le Jaguar, mais ce n'est pas moi qui les ai mises.

– Nous n'avons certainement pas fait ce plat typiquement espagnol ! clamèrent les deux bovins.

– Et cette calebasse, conclut le Zèbre, a été placée là pour me faire accuser.

– Si je comprends bien, meugla Sherlock Yack, vous êtes tous innocents. Un être malveillant est venu pendant la nuit dans vos appartements pour vous voler les éléments de cet horrible piège ?

Les suspects hochèrent la tête.

Sherlock Yack renifla la paella. Pour un peu, il en aurait mangé, tellement elle était appétissante. Mais quand on voyait la tête de Béatrice, il ne valait mieux pas.

Quel poison avait-on mis dedans ? De la strychnine ? Du curare ? De la nicotine ? Du débouche-évier ? Ou de l'acide chlorhydricoéthoxyéthanediaminetétraacétique ?... Hum ! Une autopsie était nécessaire et cela prendrait du temps avant de connaître les résultats. À moins que...

Les crevettes roses qui n'avaient pas été avalées par cette goulue d'otarie tenaient encore des œufs rouges entre leurs frêles petites pattes. Sherlock Yack en saisit une et loucha en l'examinant soigneusement.

Horreur ! Ce n'étaient pas des œufs que les crevettes tenaient entre leurs pattes, c'étaient des grains de blé teintés en rouge par de la mort-aux-rats !

– Le poison est là ! annonça Sherlock Yack en agitant sa crevette. Et je peux vous dire que je sais déjà, malgré tous les éléments disposés pour égarer ma terrible intelligence, qui est le seul assassin.

Et toi, lecteur, *peux-tu découvrir dès maintenant QUI EST L'ASSASSIN ?*
Dis-le vite avant Sherlock Yack !

Sherlock Yack posa la crevette et sortit les menottes qui ne quittaient jamais sa poche.
– Les feuilles, les plumes et la calebasse ne sont que les décors du piège. N'importe qui pouvait se les procurer. En revanche, pour réussir une aussi belle paella, aussi appétissante et aussi parfaite, il fallait connaître la recette et savoir la préparer. Or, parmi vous, seuls deux suspects ont cette connaissance.
Le Taureau se mit en garde, cornes baissées :
– Olé ! Sherlock Yack, prépare-toi à une sacrée

corrida, vieux machin ! Je ne me laisserai pas menotter aussi facilement.

– Inutile de jouer la comédie, lança Sherlock Yack. Même si tu en connaissais la recette, toi, le Taureau, tu aurais été incapable de préparer une telle paella avec tes deux pattes dans le plâtre ! En revanche, ta femme, la belle Vache espagnole, n'est pas handicapée comme toi. C'est elle la cuisinière criminelle !

La Vache frissonna. Après un silence, elle baissa ses longs cils et tendit ses sabots vernis :

– Je voulais danser le flamenco toute ma vie avec mon chéri !

– L'Amour nous fait faire des bêtises… soupira Sherlock Yack en lui passant les menottes.

Les enquêtes de Sherlock Yack :

Qui a piégé le pingouin ?

Qui a étranglé le tigre ?

Qui a explosé le flamant rose ?

Qui a saucissonné l'éléphant blanc ?

Qui a noué le python ?

Qui a zigouillé le koala ?

Qui a liquidé le raton-laveur ?

300, rue Léon-Joulin
31101 Toulouse Cedex 9, France.
Loi 49-956 du 16 juillet 1949
sur les publications destinées à la jeunesse.
Dépôt légal : 3e trimestre 2008
ISBN : 978.2.7459.2317.2
Imprimé en France par Pollina, 85400 Luçon - n° L47061
www.editionsmilan.com